Personal Fond Fr.

F

Qui est là ?

Ron Maris

Gründ

Pour Richard, Christopher et Jonathan

Adaptation française de Stéphanie Villette
Texte original et illustrations de Ron Maris

Première édition française 1990 par Librairie Gründ, Paris
© 1990 Librairie Gründ pour l'adaptation française
ISBN: 2-7000-4513-0
Dépôt légal: septembre 1990
Édition originale 1985 par Julia MacRae Books, a division of Walker
Books sous le titre original « Is anyone home ? »
© 1985 Ron Maris
Photocomposition: Graphic & Co, Paris
Imprimé par L.E.G.O., Vicenza, Italie

Loi n° 49-956 du 16 juillet 1949 sur les publications destinées à la jeunesse

Nous pouvons entrer.

Je sais qui habite ici.

Bonjour, les chats!

Bonjour, Grand-père!

Bonjour, les chevaux!

Je sais à qui est
cette maison.

Bonjour, Grand-mère!

Nous sommes tous venus te voir !